KB216673

이재춘 시집

엄마를 입다

엄마를 입다

펴 낸 날 2025년 2월 28일

지 은 이 이재춘
펴 낸 이 이기성
기획편집 김정훈, 이지희, 서해주
표지디자인 김정훈
책임마케팅 강보현, 이수영
펴 낸 곳 도서출판 생각나눔
출판등록 제 2018-000288호
주   소 경기도 고양시 덕양구 청초로 66, 덕은리버워크 B동 1708, 1709호
전   화 02-325-5100
팩   스 02-325-5101
홈페이지 www.생각나눔.kr
이 메 일 bookmain@think-book.com

• 책값은 표지 뒷면에 표기되어 있습니다.
  ISBN   979-11-7048-844-6 (03810)

엄마를 입다

이재춘 시집

엄마의 포근한 품속
나는 엄마를 입고 다녔다

생각나눔

들어가며

　　보릿고개 시절 가난한 살림살이 때문에 자식들에게 새 옷을 사서 입힐 여유가 없어, 어머니는 자신의 털옷을 풀어 대바늘로 자식 옷을 짤 때, 올 속에 따뜻한 사랑을 함께 짜서 나에게 입히셨다. 세월이 흘러 어머니는 돌아가시고, 털옷은 없지만 내 몸속에는 어머니의 피가 흐르고 그때 입혀주신 털옷은 옷이 아니라 어머니의 품속이었다. 세월이 아무리 흘러도 그때의 따뜻한 온기는 지금도 내 몸을 감싸고 있다. 자랄 때 어머니와의 추억과 살아오면서 겪은 희로애락을 아름답게 승화시켜 쓴 시를 엮어 시집으로 출판한다.

제1장 엄마를 입다

제2장 밥상에 피는 행복의 꽃

제3장 향수

제4장 봄 향기

제5장 들어내지 못한 바윗돌

제1장

엄마를 입다

봄 비

보릿고개 시절 뒤주에 양식이 말라 가고
봄 가뭄에 보리밭 고랑이 말라 가니
어머니는 자식들 끼니 걱정에
호미 들고 들판으로 달려가신다

들에는 매화꽃 산수유꽃 생강꽃 만발하고
구름 한 점 없는 마른하늘엔
종달새 요란하게 지저귀는데
보릿고개 넘기에도 숨이 벅차니
들판에 핀 꽃은 눈에 들어오지 않고
어머니는 건조한 밭두렁에
눈치 없이 웃자란 잡초 매느라
하루해가 부족하다

이른 새벽 우물가 단지 위에
어머니는 정화수(井華水) 떠놓고
지극정성 기우(祈雨) 기도하시니
지성이면 감천이라
대지를 촉촉이 적시는 봄비가 내린다

어머니 앞치마는 땀방울에 젖고
건조한 밭고랑은 봄비에 젖는다

2024년 미당문학 전국 지상백일장 입상(24. 11. 2.)

골 무

동지섣달 문풍지 파르르 떨리는 밤
구들장 아랫목에
자식들 눕혀 토닥이며
어머니는 이불을 여미시고
윗목에 바람막이 새우잠 주무신다

자식들 부귀영화(富貴榮華) 누리며 살라고
어머니는 이불 홑청에
수바늘이 자맥질할 때마다
아름다운 목단꽃이 피어나고
베개에 복(福)이 쏟아진다

자식을 위해서라면
힘든 일 궂은일 도맡아 하시며
당신의 꽃은 피워 보지 못하고
온몸이 헤지고 망가지고
그때야 일을 멈추니 이미 때는 늦었다

그 옛날 어머니가
한 땀 한 땀 수놓은 꽃 이불 속에서

자식은 행복의 단꿈을 꾸며
한 자 한 자 예쁜 꽃시(詩) 짓는다

쑥 국

지난가을 태풍만 오지 않았어도
보릿고개는 수월하게 넘어가겠건만
지난겨울 가뭄만 없었어도
반찬 걱정은 덜겠건만

어머니는 앞치마 끈 졸라매고
보리밭 가는 길목에 자란 쑥
한 바구니 가득 캐어 끓인 국

철없는 자식들 맨날 쑥국이냐고
밥상머리에서 투덜투덜 쑥덕쑥덕

향이 좋고 맛이 좋지만 국이 좀 짜다
부엌 아궁이 젖은 솔가지 타는
매운 연기에 흘린
어머니의 눈물방울이
국에 들어갔나 보다

청보리

엄마도 여자였다
고운 옷 입고
얼굴에 동동구리무 바르고
꽃밭 가꾸며 예쁘게 살고 싶었다

그러나 보리 까끄라기 살갗 파고드는
아픔은 참을 수 있어도
자식들 배고픈 것은 못 참는다

곳간에 양식이 간당간당할 때면
어머닌 머릿수건 둘러쓰고
청보리밭으로 달려간다

야속한 세월
야속한 보릿고개

봄바람에 출렁이는
청보리밭 푸른 파도에
어머니 청춘이 실려 간다
헐렁한 몸빼 바지 바람에 펄럭인다

내캉 살자 내캉 살자

어머님은
초병에 막걸리와 효소 넣어
따뜻한 부뚜막에 올려놓고
가끔은 초병을 안고 흔들며 하시는 말씀
내캉 살자 내캉 살자

어린 동생이 아플 때도 안고
내캉 살자 내캉 살자

마당에 강아지가 아파도 안고
내캉 살자 내캉 살자

어머님은 늘 품에 안고
우리를 지켜 주셨지만
어머님 하늘나라 가시는 날

나는 어머님 안고
우리캉 오래오래 살자고 붙잡지 못했다.

쑥털털이

젊음의 청춘 고개
손잡고 노래 부르며 건너고

어머니의 보릿고개
허기진 배 잡고 건너 신다

자식들 배에서 꼬르륵 소리가
어머니 귀를 후벼 팔 때는
머릿수건 둘러쓰고
앞치마 바람에 펄럭이며
들에 달려가서
소쿠리 한가득 캔 쑥
흰 가루 입혀 만들어주신
쑥털털이

쓴맛 단맛 짠맛에 입이 끌려
배 터지도록 먹고
따스한 봄날 잠들면
경주 최 부자 하나도 안 부럽다.

엄마를 입다

한겨울 동네 아이들이
골목길에서 505 털실 스웨터를 입고 나와
옷이 포근하고 따뜻해서
하나도 안 춥다고 자랑하며
너는 이런 것 없지 하고 약 올리며
만져 보라 하였다

나는 엄마에게 달려가서
동네 아이들이 입은 505 털실 스웨터
사달라고 졸라대니
크리스마스날 엄마는
노란색 505 털실의 예쁜 스웨터와 장갑을
선물로 주시기에
옷을 입고 곧장 골목길에 달려가
친구들에게 자랑했다

그런데 엄마가 입었던
털옷 스웨터가 보이질 않았다
엄마는 넉넉지 못한 살림살이에
자신이 입었던 옷을 풀어서

나의 스웨터와 장갑을 짜주셨던 것

화가 난 나는
털옷과 장갑을 벗어 던지며
큰소리로 도로 엄마 것으로 만들라고 했더니
엄마는 옷이 작아 입을 수 없어
너의 것으로 만들었으니
그냥 입으라고 하시며 나를 달래셨다

엄마가 만들어주신 털옷은
엄마의 포근한 품속
나는 엄마를 입고 다녔다

제36회 『매일신문』 한글글짓기
경북공모전 입상(2023. 11. 2. 일)

하늘로 간 비단옷

알뜰살뜰 모아
마련한 옷

평생에 단 한 벌
비단옷

장롱 속에 있기만 한
비단옷

햇볕 좋은 날 꺼내어
손으로 쓰다듬으며

좋아하시던
우리 어머니

아끼느라 못 입고
입을 날 없어 못 입고

몸이 아파 못 입고
한 번도 입지 못하고

어머님 하늘나라 가시는 날
비단옷도 따라갔네

엄마는 즉결 판사

동생이 내 말 안 들어
한 대 때렸더니
울면서 엄마에게 달려가 일러줬다

엄마는 나를 불러 놓고
형이 동생을 잘 보살펴야지
네가 잘못했어
종아리 걷어

동생을 불러 놓고
동생이 형 말 잘 들어야지
네가 잘못했어
종아리 걷어

집 안 청소를 서로 미루느라
동생과 다투다 엄마에게 들켰다

엄마의 말씀이 법이니
둘이 같이 벌칙으로
푸세식 화장실 다 퍼서

거름 속에 부어라 하셨다

옷에 밴 화장실 냄새 때문에
동네 친구들이 똥 장군이라고 놀렸다.

너 같은 물건 낳다

추석 차례상 준비에
바쁜 엄마

동네 머시마와 놀기에 정신없는
털팔이 막내딸 불러 앉혀놓고

송편 만들라고 시키며
송편 예쁘게 잘 빚어야
시집 잘 간다고 했더니

못마땅한 막내딸
입 삐죽이며 하는 말
엄마는 어릴 때
송편 잘 만들었나 했다

화가 난 엄마 하시는 말씀

가시내야
실수로 송편 잘못 만들어
너거 아부지에게 시집와서
너 같은 물건 낳다

커피 세 잔

아침에 한 잔
점심에 한 잔
저녁에 한 잔

하루에 세 잔
커피 많이 마셔 잠이 안 온다

그래도 좋다
너 생각하면 되니까

※현대시문학 제1회 커피 문학상 공모 입상(2020. 11. 15.)

시효 지난 효도

뭐든 됐다 됐다 하는 게
어버이 마음

언제나 잘 있으니 걱정 마라 하는 게
어버이 마음

집을 나서면
고추 콩 채소 농작물
봇짐 꾹꾹 눌러 싸서 주시는 게
부모님 마음

나는 한 번도
부모님께 무엇이든
꾹꾹 눌러서
부모님께 드린 적이 없네요

부모님은
가족을 위해
뼈 빠지게 고생하셨는데

자식은
부모님을 위해
뼈 빠지게 해드린 게 없네요

이제는
고마우신 어버이에서
그리운 어버이로 남았습니다

풍수지탄(風樹之歎)
어버이날
흰 카네이션 한 송이 들고
산소에 효도하러 갑니다

어버이날

눈 뜨고 보면
앞에 있는 것만 보이고
눈 감고 보면
이역만리를 볼 수 있다기에

어버이날
하늘에 계시는 부모님을 만나기 위해
두 눈을 꼭 감았더니
눈물이 절로 납니다

부모님이 너무 반가웠나 봅니다

노란 하늘

어머니는 몸에 아픈 곳이 많아
조금만 아파도 종합병원에 가야 했다
어느 날 갑자기
눈이 잘 안 보인다고 하시어
급히 모시고 안과 가서
종합 검사를 마치고
의사의 진단결과 하시는 말씀

만성 녹내장이라고 하며
현재 의술과 환자의 건강상태로 봐서
더는 치료 불가능하고
더 악화하지 않기를
기대할 수밖에 없다고 한다

눈마저 세상을 볼 수 없다고 하니
어디를 가야 하나
어떻게 해야 하나
어머니를 등에 업고 병원 문을 나서는데
앞이 캄캄하고 쳐다보는 하늘은 노랬다.

억울한 강아지

가을 장날 엄마와 시장에 갔는데
대낮에 갑자기 소나기가 와서
엄마의 다급하게 하시는 말씀

큰애야
빨리 집에 달려가서 비설거지 하라
장독대 단지 뚜껑 덮고
빨랫줄에 빨래 걷고
마당 멍석에 늘어놓은 곡식 걷어
가마니에 담으라 하셨다

발뒤꿈치 불이 나도록 집에 달려가서
단지 뚜껑 덮다가 단지 뚜껑 하나 깨트리고
나락은 반도 못 걷었는데
하늘은 개고 소낙비는 그쳤다

엄마가 집에 와서 하시는 말씀
단지 뚜껑 하나 제대로 못 덮고
그걸 깨트리냐
그래가 입에 밥이 들어가느냐고

꾸중 듣고 있는데

강아지는 제 밥 주는
엄마가 집에 돌아오니
좋다고 꼬리를 흔들기에
나는 화를 참지 못하고
죄 없는 강아지 옆구리를 발로 찼다
깨갱깨갱

재봉틀에 피는 희망의 꽃

경주 재래시장 한구석
햇빛 한 줌 없는 옷 수선가게
희미한 형광등 불빛 아래
절망을 희망의 꽃으로 피운다

세상살이에 쌓인 스트레스를
담배 연기로 달래다
떨어진 불똥에 난 구멍
삶의 모서리에 걸려 찢어진 상처

재봉틀 위에서
드르륵 소리와 함께
양손이 옷을 잡고 이리저리 왔다 갔다
신나게 아이돌 춤을 춘다

재봉사는 꽃 그림 화가가 되어
장미꽃 모란꽃 이름 모를 꽃들이
상처 위에 피어나고

저녁 밥상에

노릇노릇 잘 익은 고등어 한 손
고소하게 피어난다.

※제33회 매일신문 한글글짓기 경북공모전 입상(20. 11. 20.)

엄마는 만능 의사

내가 잠이 안 오면 팔베개해서
자장가를 불러주면
스르르 잠이 든다

내가 넘어져 다쳐
아프다 하면 어머니가
호~ 하면 낫는다

머리에 찰과상을 입어
어머니에게 달려가면
생된장 발라 붕대로 감으면 낫는다

음식 먹고 체하면
엄지손가락에 실을 감아
바늘로 따면 낫는다

동생이 눈에 눈병이 나면
눈에 엄마의 젖을 짜 넣으면 낫는다

배 아프다고 하면

배에 손을 대고 문지르며
엄마 손은 약손
네 배는 똥배 만지면 낫는다라고
주문을 외면 낫는다

의사 한의사 간호사보다
치료 잘하는
엄마는 만능 의사

섬나라 왕으로 살고 싶다

직장생활 상사 눈치 봐야 하고
장사하면 손님 눈치 봐야 하니

평생 갑질 한 번
못 해보고 살아온 인생

아무도 없는 무인도에 가서
작은 섬 왕이 되어

나보다 덩치 큰 고래 잡아놓고
나보다 잘난 밍크고래 잡아놓고

하늘을 향해
바다를 향해

고래고래
고함치며 살고 싶다

부지깽이

어머니는 가마솥에 보리쌀 안치고
아궁이에 생솔가지 불을 지핀다

천날만날 고생해 봤자
앞날은 보이질 않고
몸은 천근만근

어디 하소연할 때 없어
부지깽이로 죄 없는 아궁이 쑤셔대니
젖은 생솔가지에서 나는 매운 연기
부엌 안에 꽉 차니
마른기침과 충혈된 눈에
눈물이 한가득

울고 싶은 어머니
부지깽이로 땅을 치며
울 핑곗거리 생겼네

의리 없는 놈 '동시'

우리 집 암캐 너무 순해서
이름이 순둥이

순둥이가 새끼 여럿 낳았는데
어찌나 복슬복슬하고
뒤뚱거리는 모습이 귀여워
학교 수업시간에
잠자려고 누워있어도
항상 눈에 아른거린다

나는 순둥이에게
너의 새끼들은
내가 키워주고
잘 지켜주겠다고 약속했다

강아지들 젖 뗄 무렵
엄마는 장날 강아지를 팔러 나가신다기에
팔지 말라고 매달렸지만
엄마는 좋은 집에 시집보낸다고 해서
어미 순둥이도 울고

나도 강아지를 안고 울었다

엄마가 강아지 팔아
사 온 왕눈깔 사탕 한 봉지를
나에게 안겨주셨다
입에 넣은 사탕의 달콤한 맛에 빠져
강아지 생각을 잊어버렸다

순둥이는 그랬겠다
먹는 것에 약한 놈이라고

강아지들은 그랬겠다
의리 없는 놈이라고

제2장

밥상에 피는 행복의 꽃

긁지 않는 복권

열심히 노력했고
착실하게 살아왔는데
왜 복이 없을까
자책하고 세상을 원망하지만

건강한 오늘이 있고
소중한 가족이 있고
좋은 이웃과 함께한다는 것
이 또한 큰 복이라 생각합니다

현실에 만족하며
무탈하게 사는 것
행복이라 생각합니다

그대는 아직 긁지 않은 복권이고
발표되지 않은 희망 있는 복권입니다
쉿!
화내지 말고
얼굴 찡그리지 말기요
살며시 오던 복이 달아납니다

보릿고개

낮잠에서 깨어나
엄마 찾아 우는 젖먹이 막내
꼬마 누이가 등에 업고
들에서 보리밭 김매는 엄마에게 달려간다

하늘엔 종달새 지지배배
초록빛 들판에 아지랑이 아롱아롱
민들레 산수유꽃 꺾어
아기 손에 쥐여주며
둥개둥개 어르며 울음 달랜다

밭에서 호미든 손 흔들며 반기는 어머니
엄마와 눈 마주친 아기
함박웃음 짓고
종종걸음으로 달려가는 꼬마 누이

푸른 보리밭 고랑 사이로
호미같이 굽은 어머니 허리
치마끈 졸라매고 보릿고개 넘는다

청령포

임금이 된들 무엇하리
왕관을 쓴들 무엇하리

아직은 엄마 손에 자라야 할
철없는 나이에 왕이 되어
곤룡포 나래 한번 펼쳐보지 못하고
쫓겨나 귀양살이
생사의 갈림길에서
얼마나 두렵고 한이 맺었을까

시골 농부로 태어나
논밭 갈고 땀 흘리며 씨 뿌리고
사랑하는 가족과 함께
한세상 행복하게 살다 갔으면
얼마나 좋았을까만
운이 없어 왕손으로 태어나
천수를 다하지 못하니
누구를 원망하고 탓하랴

청령포 밤하늘 뜨는 달에

그리운 고향 한양이 비치고
보고 싶은 가족이 아른거린다

깊은 산속 골짜기 세찬 바람
나뭇가지에 앉은 산새 울어 울어
눈물이 말랐고
청령포 휘돌아 가는 서강(西江)
단종의 가슴 아픈
피눈물이 잔잔히 흐른다

※청령포(清泠浦): 강원도 영월군에 있는 도 기념물이며, 삼면
물이 흐르고, 조선 제6대 단종의 유배지이자, 살해된 곳

내 덕인 줄 알아라

천수를 다한 어르신이 돌아가신 상갓집
형제자매들이 많아
문상객들이 줄을 잇는다

집사람은 그런다
큰일에는 자식이 많아야
장례 치르기 수월할 텐데
우리는 걱정이라고 한다

상중에도 장례비 유산배분 관계로
자식들 간에 언성이 높아지며
상가(喪家)가 뒤숭숭하고 시끄럽다

나는 아내에게 그랬지
우리는 자식 하나밖에 없으니
형제간에 다툴 일 없고
물려줄 재산 없으니 상속할 걱정 없어
얼마나 다행이야 안 그래

아내 하는 말
예예예 감사합니다 한다

그 봐
그것 다 내 덕인 줄 알아라.

예절 바른 막내 여동생

어머니는 네 살 막내딸에게
평소 예절 교육시키셨다
집에 누가 오면 공손하게 어서 오십시오
가면 안녕히 가십시오 라고 인사하고
손님을 그냥 보내지 말고
물이라도 대접해서 보내라고 하셨다

어느 날
거지가 집에 동냥을 왔는데
막내는 어서 오십시오 인사하며
물 한 잔 드릴까요 하니
거지는 쌀을 달라고 했다

엄마가 아끼고 아껴
식구들도 잘 먹지 못하는
뒤주에 있는 흰쌀을
막내는 거지에게 큰 바가지로 마구 퍼 주었다
그리고 막내는 안녕히 가십시오
다음에 또 오십시오 라고
공손히 인사를 하였다

거지는 고놈 가정교육
참 잘 받았네 칭찬하며 갔다

막내는 장에 다녀오시는
어머니 치맛자락을 붙잡고
자신이 한 일을
엄마에게 자초지종 이야기하면서
나 잘했지 하니

엄마는 번개같이 달려가
빈 쌀독을 확인하시고
놀라서 할 말을 잃고
그만 땅에 주저앉고 말았다

아버지 누더기 농구화

두메산골 초가집 장남으로 태어나
재산이라고는 작은 체구의 몸뚱이 하나
학교 간 적 없으니 가방끈이 없고
배운 것이라고는
소싯적부터 제재소 나무 켜는 일

일하시다가 아버지
발목이 삐걱하여 다치면
우리 집 가정 살림살이도 삐걱하니
자식들의 신발은 모두 검정 고무신이지만
아버지 신발은 발목이 긴 농구화

이른 새벽 아버지는
농구화 끈을 힘껏 졸라매고
샛별 지기 전에 일터로 나가
제무시(GMC) 차량에 실린 원목을
하루 종일 어깨에 지고 내려야 한다

떨어지면 덧대고
찢어지면 시멘트 포대 실 풀어 깁고 또 기운

누더기 농구화에
등 번호 없는 작업복 입고
제재소 마당을 누비신다

삼 점 슛, 덩크슛 못 하시지만
아버지는 보릿고개 시절 여덟 식구 가정을
가난에서 점프시키기 위해
비지땀 흘리며 열심히 뛰는
우리 집 대표 주장 선수

※제28회 온라인 전국 대덕백일장 입상(2023. 5. 10.)

낙 화(落 花)

요양원 마당의 목련꽃
한때는 햇빛 달빛 머리에 이고
희망의 꽃등 켜고
뭇사람들의 가슴 설레게 하는 삶도 있었지

인생은 짧더라
꽃피는 청춘 더 짧더라

한 생의 삶은 아름다운 것
한 생의 끝은 거룩한 것

긴 세월 살면서
맺어진 수많은 인연들
가슴에 품은 수많은 사연들

낙화한 목련에는
아직 온기가 있고 향기도 남아 있다

함부로 밟지 말고
빗자루로 쓸지도 말고

그냥 두어라

바람에 뒹굴다가
홀연히 살아질 것이니

늦은 기도

어머니는 장독대
단지 위에 정화수 떠 놓고
가족을 위해 지극정성 기도하셨다

자식들 건강하게 자라고
좋은 직장 취직해 달라고
좋은 배필 만나 결혼해서
튼튼한 손주 낳게 해달라고

손주 백일상 앞에서
건강하고 훌륭하게 잘 자라 달라고
자식을 위해
자식의 자식을 위해
기도하셨지만

생전에 부모님을 위해
기도하지 한 번 못하고
돌아가신 부모님에게
극락왕생 발원 기도합니다

보시기나 하실는지
아시기나 하실는지

미소 커피

오늘 너가 타 준 커피를 마시니
자꾸 웃음이 나고 행복하다
왜!
너가 미소를 많이 탔나 봐

도로아미타불

강산이 일곱 번 변한
고희(古稀)의 문지방에서
노후대책 없고
보란 듯 내세울 것 하나 없고
속절없이 흘러간 세월

마음 가다듬고
불국사 대웅전에서 기도 열중인데
법당 마당 나뭇가지에 앉은 참새
잘 해보란 듯 요란하게 지저귄다

절 문밖을 나오는 순간
휴대폰이 요란하게 울려 받으니
친구 놈 하는 소리
지금 어디야, 뭣해
파전에 시원한 막걸리 한잔하자며
지금 당장 오라 한다

내비게이션 없는
승용차는 자동으로
그곳을 향해 바람처럼 달려간다

나무 지팡이

꽃 같은 청춘은
봄날 한낮에 자고 난 꿈과 같고
젊은 시절은 흘러간 강물처럼
다시 돌아올 수 없다

가슴엔 아쉬움과 미련 한가득
얼굴에는 군대 고참 병장보다 더 높은
인생 계급장을 달고 다니니
지하철 은행 공공장소 등
가는 곳마다 어르신이라

아직도 마음은
아름다운 꽃 보면 가슴 설레고
좋아하는 사람이 원하면
하늘에 별도 따줄 수 있는 기백인데

저물어 가는 석양길
낡은 육신이 죽은 나무 지팡이에 기대여
흔들흔들 걸어갑니다.

꽃씨 두 봉지

종묘상에 가서
꽃씨 두 봉지 샀어

한 봉지는
화단에 뿌려 꽃 피우고

한 봉지는
내가 먹어야겠습니다

가슴에 꽃피워
예쁜 생각, 예쁜 말 하려구요

행복한 빗길 '동시'

초등학교 수업 마치고
교실을 나서니
장대비가 주룩주룩 내려
발을 동동거리고 있는데

교문 밖에 엄마가 와서
우산 들고 반갑게 손 흔드신다

하늘에서 주룩주룩
땅에는 질퍼덕질퍼덕
우산 속에 재잘재잘

엄마와 팔짱 끼고
집으로 가는 길
즐겁고 행복한 빗길

밥상에 피는 행복의 꽃

할아버지가 장날 사 오신 고등어
노릇노릇하게 구워
저녁 둥근 밥상에 둘러앉은 가족

할아버지는 낮에 밖에서
생선구이 먹었다며
앞에 고기 접시를 젓가락으로
할머니 쪽으로 쓱 밀었다

할머니는 가시를 발라
부모 공양한다고 고생하는
며느리에게 접시를 밀었다

젖이 부족한 며느리
첫돌 지난 아이 먹으라고
손주 앞에 접시를 밀었다

손주는 고사리손으로 고등어 한 점 집어
할아버지 한 입
할머니 한 입

엄마 한 입

고등어구이보다 더 맛있는
고사리손 맛에 푹 빠진 가족
밥상에 피어나는 행복의 꽃

※제25회 온라인 전국 우암백일장 입상(2020. 11. 4.)

떨이는 안 돼!

새벽잠은 잊은 지 오래
재래시장 장날 일찌감치
명당자리 차지한 허리 굽은 할머니

뱀 꼬리처럼 길게 늘어진 좌판대
머릿수건 둘러쓰고
해가 중천에 있는 정오
저녁 손님 오기는 이른 시간

팔월의 무더위에
육신만큼 늘어져 가는 채소
분무기로 물을 뿌리며
지나가는 사람들에게
싱싱한 깻잎 산나물 사라고 목소리를 높인다

지나가던 중년의 아주머니
고생만 하다 돌아가신
친정엄마 생각이 난다며
더운 날씨 팔고 얼른 집에 가서 쉬시라고
이것 떨이해서 모두 얼마요 물으니

할머니께서 떨이는 안 된다고 하신다

지금 한목에 다 팔고 나면
남은 오후 시간
나는 사람 구경은 어디서 하고
흥정하는 재미는 어떻게 찾느냐 하신다

마른 나뭇가지처럼 야윈 팔뚝
손부채질에 삼복더위 날려 보내고
장터 재미에 푹 빠진 할머니

오일 장날은 희망의 날
깻잎 속에 고소한 하루를 끼워 팔아야 하니
떨이는 안 돼!

차 한 잔 드릴게요

오늘 아침 모든 이에게
모닝커피 한 잔 드릴게요

아직 잠이 들 깨신 분께
냉차 한 잔 드릴게요

몸이 허약한 분에게
인삼차 한 잔 드릴게요

혈액순환 안 되시는 분께
생강차 한 잔 드릴게요

몸살감기 있는 분에게
쌍화차 한 잔 드릴게요

지난밤 과음하신 분에게
꿀차 한 잔 드릴게요

좋은 친구 오시면
곡차 한 잔 드릴게요

이차 저차 다 드시고
이영차 이영차 힘내세요.

비언어적 표현

말로 하는 표현
전부 아니고

글로 하는 표현
전부 아니지

행복할 때
마주치는 두 눈가의 웃음

기쁠 때
피어나는 입가 띠는 미소

넘어질 때
손잡아 일으켜 세워주는 손

사랑한다며 살짝
안아주는 당신의 가슴

말보다 글보다
더 좋은 표현입니다

너였으면 좋겠네

장대비 쏟아지는 날
혼자 우산 쓰고 가는데
누군가 나타나
우산 속으로 쏙 들어와
팔짱 끼고 같이 걷자 하는
사람 있으면 좋겠네

선술집 창가 앉아
주룩주룩 내리는 비를 바라보며
파전에 동동주 한잔하는데
앞자리에 불쑥 나타나
같이 한잔하자 하는
사람 있으면 좋겠네

거나하게 취해서
콧노래 부르며
돌담길 걷고 있는데
갑자기 나타나
내 어깨 낚아채어
어깨동무하고 같이 걷자 하는
사람 있으면 좋겠네

그 사람이 너였으면 좋겠네

다듬이질

어머니는 속상할 때는
이불 빨래하신다

하얀 이불 홑청 풀질하여
햇볕에 살짝 말려서
죽죽 늘어지게 잡아당겨
엄마는 입에 물 한 목음 물고
푸우~ 뿌려
다듬잇돌에 올려놓고 다듬이질을 한다

시집살이 힘들어서
뚝딱뚝딱
남편이 섭섭해서
뚝딱뚝딱
자식들 속썩여서
뚝딱뚝딱

엄마는 눈에 고인
눈물을 삼키느라 천장에 있는
서까래를 세며 눈물을 삼키신다

하얀 이불 홑청 펼치며
아이고 곱기도 해라 잘 펴졌네
어머니 얼굴도 활짝 펴졌네

나의 유일한 신

자기 말 잘 들면
자다가도 떡이 생긴다고 합니다

자나 깨나
늘 함께합니다

평생 나에게
힘이 되어 주실 분입니다

늙어서 몸을 가누지 못할 때
치다꺼리해 준답니다

내가 믿는 신은
예수님도 부처님도 아닌

오직 한 분
당신입니다

자나 깨나 너 생각

나는 잠잘 때
머리맡에 꽃다발 두고 잔다
꿈길에 너 오면 주려고

제3장

향수

바람개비 인생

바람 불면
바람 따라
돌아가는 바람개비

자신의
의사와 관계없이
돌아가는 바람개비

뜻도 없고
생각도 없이
돌아가는 바람개비

우리네 인생도
바람개비 인생

언젠가는
나의 바람개비
멈추는 날까지

희망 싣고
행복 싣고
말썽 없이 잘 돌아가면 좋겠네

셀프 시대

대중식당 식당 벽에
손님이 왕이라는 액자가 걸려 있다
주인에게 물을 달라고 하니
물은 셀프라 한다

찻집에 커피 주문하고
진동기 울리면 달려가
주문한 커피 받아 마셔야 하고
빈 그릇 또한 반납해야 하니
왕이 쫓아다녀야 하는 시대

남자는 집에서 대접받으려면
밥 설거지 청소 집안일
마나님 잔소리 나오기 전에
눈치껏 알아서 척척해야 한다

나라는 총칼로 지키고
가정의 평화는 셀프로 지킨다

나쁜 시끼

처녀총각 때
약속했잖아

결혼하면
잘해준다 했잖아

평생 속 안 썩인다
했잖아

손에 물 안 묻게 하겠다
했잖아

세월 다 가는데
언제 잘해줄래

언제
호강시켜 줄래

나쁜 시끼
미운 시끼

저승 가도
겸상해야 할 시끼

향 수

어릴 때 골목에서
사금파리로
땅따먹기하며 놀던 그때
내가 따먹은 땅 다 어디 갔을까

종이배 만들어 강에 띄운 배
지금 어디쯤 가고 있을까

숨바꼭질할 때
술래는 다 어디 있을까

강가에서 발가벗고
쌓은 모래성 다 어디 갔을까

감나무 올라 꿈을 키웠는데
그 꿈 다 어디 갔을까

이제는 다시 올 수 없는 까마득한
어릴 때 추억

내 마음속에 향수로
영원히 남아 있습니다

꽃샘추위

짝사랑하던 옆집 노총각
장가간다니
혼기 노친 노처녀
시샘하는 마음 닮았나

앙칼지고 토라져
맵기가 한이 없어
햇늙은이 주눅 들고
움츠리게 하네

봄비가 대지를 촉촉이 적시고
태양은 봄 군불 지피니
먼 산에 아지랑이 아롱아롱

새들이 봄이 온다
요란하게 지저귀니

시샘하는 꽃샘추위
매섭게 발버둥 쳐도

밭에 있는 매화꽃

담장 밖 개나리꽃

눈도 깜짝 안 하고 꽃을 피우네

막내 독도

열 손 깨물어
아프지 않은 손 없다지만
새끼손가락이 다치면 더 아린다

부모님은 자식이 많아도
하나같이 다 귀한 자식이지만
유달리 막냇자식 걱정을 많이 하셨다

특히 막내가 밖에서
남에게 억울한 일 당하든가
두들겨 맞고 오는 날이면
부모님은 애가 타고
그날은 동네 시끄럽다

막내가 집 떠나
멀리 객지에 있노라면
하늘에 구름만 끼어도
오매불망 걱정이셨지

세월이 흘러 부모님은 세상에 없지만

우리 형제들은 막내를
협심하여 끝까지 지켜야 한다.

※제9회 대한민국 독도 문예 대전 입상(2019. 7. 30. 일)

풍만한 봄날

젊은 여인들이
떼거지로 몰려와
첨성대 옆 목련꽃 아래서
단체 사진을 찍어 달라 한다

카메라 렌즈 속을
들여다보니
여인들은 보이질 않고
온통 유방 천지

풍만한 봄날
애기똥풀이 방긋 웃는다

봄바람은 개구쟁이

살랑살랑 봄바람
처녀총각 가슴 설레게 하고

여자 치맛자락 날려
얼굴 붉히게 하고

매화 산수유 진달래
꽃망울 찝쩍거리고

만개한 벚꽃
꽃눈 내리게 하고

강가에 수양버들
마구 흔들어 대니

봄바람은 개구쟁이
봄바람은 심술쟁이

버들피리

한 번도 뻣뻣이
고개 들어본 적 없고
한 번도 우듬지로
하늘을 찌른 적 없는
버드나무

평생 고개 숙이며
흔들리며 사는 인생

생전에 허리 한 번
제대로 못 펴고
남에게 목소리 한 번 높여본 적 없는
어머니

어머니 돌아가셨을 때
자식들은
버드나무 지팡이 짚는다

하늘에 계신 어머님이 들으실 수 있도록
버들피리 만들어 불어 본다
삘릴리 삘릴리

내 사랑 죽부인

불덩이 같은 이내 몸
밤새 잠 못 이루고
이리 뒤적 저리 뒤적

창문으로 들어오는
달빛마저 뜨거워
바람도 숨죽이는 밤

지나가는 구름이
시원한 소나기라도
내려주면 좋으련만

열대야에 숨이 막혀
감나무에 앉은 매미
악을 쓰고 울어댄다

오늘 밤 당신 꼭 껴안고
꿀잠 자고 싶은 죽부인

총알 커피

늙은 영감 손님 공짜 커피 마다하고
총알 커피 한잔 쏘겠다고
다방에 전화하니 수화기 놓자마자
오토바이 타고 총알 같이
커피 배달 온 다방 아가씨

가슴팍 골은 보일락 말락
실루엣 옷차림에 짧은 치마
허연 허벅지가 눈에 확 들어 온다

배시시 웃으며 커피잔을 권하는데
영감의 눈은 커피잔이 아닌
아가씨 가슴팍에 꽂히며 묻는다

고향이 어디냐
나이는 몇 살이고
몇 시 퇴근이냐
뭐 먹고 싶냐

남자들은 늙어 곤백살 먹어도
철이 안 드는가 봐

꽃상여

잘 살았던, 못 살았던
사람이 한평생 살다 간 것은 존중해야 한다

시집 장가갈 때
꽃가마 타고 가듯이

사람이 죽어서 저승 갈 때
꽃상여를 태운다

누구나 인생을 잘 살고 싶지만
뜻대로 안 되는 것

지나고 나면 아쉬운 일들이
스크린의 자막처럼 눈앞을 스쳐 간다

때 늦은 후에 지난 일
후회한들 무슨 소용 있겠는가

죽어서 상여에 꽃 꼽고 간들
무슨 의미 있겠는가

보석 같은 나날들
삼만 송이 꽃다발
스스로 예쁘게 만들어 갈 때

남이 태워 주는 꽃상여보다
더 아름답지 않을까

꽃다발이 모두 완성되는 그날까지
서로서로 사랑하며 살다가

언제일지 모르지만
꽃상여 타는 그날에 미련 없이 가야겠지

어 어 어와~
어와 넘자 어와~

보수와 진보

매미와 귀뚜리가
서로 자기의 계절이라고
우격다짐이다

귀뚜리는 매미에게
가을이 왔으니
물러가라 하고

매미는 귀뚜리에게
아직 여름이니
갈 때가 아니라 한다

화가 난 귀뚜리
떼거지로 몰려와
밤새도록 울어 대고

서러운 말매미
길가의 가로수 붙잡고
악을 쓰고 울어 댄다.

죽여주는 부부

옆방에 세 들어 사는 부부
매일 밤 티격태격 다투며
하루도 조용할 날이 없다

아저씨 술 마시고 늦게 들어오면
한바탕 전쟁이 벌어진다
지난밤 사니 못 사니
전생에 원수처럼
죽자 살자 싸운 부부

새벽 일찍 일어난 아줌마
실룩 실룩 엉덩이춤
해장국에 고소한 참기름 냄새 풍기며
열린 부엌 문틈으로
콧노래 흘러나온다

지난밤 누가 죽었는지 죽여줬는지
아줌마 얼굴에 함박웃음 띄우며
출근하는 남편에게
뽀뽀하며 하는 말
자기, 잘 다녀와

덜컹덜컹 굴러가는 유모차

세상은 살기 좋아졌나 보다
연휴 휴가철이면
해외여행 간다고 국제공항 출구에는
여행객으로 인산인해
고층아파트 건물은 하늘을 찌를 듯 올라가고

길거리에는 젊은이들이 집 한 채 값보다
더 비싼 고급 외제승용차들이
길에 굉음을 내며 질주한다

유모차 미는 허리 굽은 할머니
온종일 땀 흘리며 돌아다녀
수집한 폐지 빈 병 고철
고물상에 가서 받은 단돈 몇천 원

나리들과 언론에서
국민소득이 선진국에 진입했다고
라디오에서 흘러나온다.

화성의 나라 이야기인지

유모차의 안테나에 주파수가 잡히지 않고
새벽 안개 낀 골목길에
유모차 덜컹덜컹 굴러갑니다

하늘을 향한 단지

어머니는 우물가 장독대
된장 간장 고추장 김치 단지를
신줏단지처럼 모신다

자식들이 우물가
장독대 근처에만 가도
손사래 치시면
저리 가서 놀라고 하신다

집안 대소사를 앞두고
근심 걱정이 있으며
단지 위에 정화수 떠놓고
두 손 모아 비셨다

해가 쨍쨍한 날에는
단지 뚜껑을 열어 햇빛 쬐어 주고
눈이 오면 쓸어주고
먼지 앉으면 닦아주고
파리 한 마리도 얼씬 못 하게 하고
매일 닦고 닦아

반질반질한 단지

단지는 자신을 보살펴 준
하늘에 계시는 어머니를 향해
반짝반짝 빛나고 있다.

죽어요

자기 말만 계속하는 사람
혼자 지껄이게 놔두세요
입이 아파 죽을 거예요

성질 급하게 화를 내면
말대꾸하지 마세요
속이 타서 죽을 거예요

사기 치는 말하면
속지 말고 듣기만 하세요
애가 달아 죽을 거예요

뻔한 거짓말을 하면
맞장구쳐주세요
기가 막혀 죽을 거예요

원수를 만나면
용서하고 기도 하세요
미안해서 죽을 거예요

좋은 사람들끼리
서로 돕고 사랑하며
행복하게 살다 죽어요.

입 다문 장닭

점심시간 대중식당
귀금속 치장에
반짝이 옷 입은 암탉들
삼삼오오 모여앉아
음식 메뉴판을 뒤적이는데
장닭들은 보이지 않는다

통장 압수당한 지 오래된 장닭
호주머니 지갑 형편도
암탉의 눈치를 봐야 하니

남녀평등이란 말은 옛말
세상이 변해
이제 암탉의 세상

수탉이 울면 집안이 시끄럽고
암탉이 울면 계란이 생긴다고 하니
장닭은 입 다물 수밖에

업 보(業 報)

무심코
남의 뒷담화 껌을 잘근잘근 씹다
뱉은 말이
허공을 날아
사람들의 입 방앗간에 들어가
절구질하니
껌은 점점 더 커져
눈덩이처럼 불어나서
구전(口傳)의 전파 타고
일파만파 퍼져나가
뱉은 이의 살아가는 길목에
껌딱지로 눌어붙어
가는 곳마다
쑥덕쑥덕
발걸음을 주춤하게 하니
앉는 자리가 가시방석

제4장

봄 향기

오지 않는 첫눈

잎 떨어진 앙상한 나뭇가지
찬바람에 흔들리고

손톱에 봉숭아 물들이며
첫눈 오면 오겠다고
약속하고 떠난
풋사랑 가시내

첫눈 오기를 손꼽아
기다리고 기다렸지만
겨울이 다 가도
첫눈은 오지 않고
달이 가고 해가 바뀌어도
거꾸로 신은 고무신은
돌아올 기약이 없는데

오동나무 위로
마른 구름만 흘러가니
오지 않는 첫눈
하늘이 참 야속타

내 인생의 로또

학창시절 소풍 가서
보물찾기에 연필 공책 한 권 타지 못하고
살면서 수많은 모임 행사
행운권 추첨에 흔해 빠진
플라스틱 물바가지 하나
당첨되지 못한 내가
로또복권 당첨확률 8백만 분의 1
전 세계의 60억 인구 중에
어째!
어째!
어째!
인연이 되어 정말 운이 좋게 만난
당신은
내 인생의 로또입니다

나 목(裸 木)

청춘의 푸른 날들은
꿈같이 지나가고
언젠가는 때가 되면
모두 내려놓아야 하는 것

빈손으로 왔으니
빈손으로 가는 것은 당연하다지만
저물어 가는 황혼의 보따리에
아쉬움만 한가득

앙상한 가지
철새 떠난 빈 둥지에
진눈깨비 나르고
노쇠한 산새는
푸른 그 시절이 그리워 노래 부른다

동안거(冬安居)에 들어간 나목
봄이 오기를 기다리고
초로(初老)는
좋은 날이 오기를 기다린다.

봄 향기

음~
겨울이라 마당에 꽃도 없는데
어디서 향기가 나지

빼꼼히 열린 창문으로
들어오는 향기

옳아!
네가 왔구나
어여 들어와

석 류

사바 중생은
평범하게 태어나
평온하게 살며
기도하고 정진하여
성불하고 싶지만

갈대와 같이
하루에도 수십 번 흔들리는 게
중생의 마음

누구나 기도할 수 있지만
성불의 길은 고행

세월의 풍파에
흔들리며 살아온 수많은 날들
어찌 말로 다 할 수 있을까

자!
내 가슴 찢어봐
속 터지게 쌓인
피멍 든 보석 같은 사리들

진달래꽃

연분홍 사연
가슴에 품고

속마음 비운
하얀 진달래

욕정 넘치는
붉은 진달래

속 타는 마음
향기로 뿜어도

벌 나비 찾아오긴
이른 계절

월하노인
올 때까지

진달래꽃 옆에서
나 기둥서방 할래

안개꽃

주연으로 가슴 조이며 사는 것 보다
조연으로 마음 편하게 사는 것 좋지

잘난 사람이나
못난 사람이나
안개처럼 왔다가
안개처럼 사라지는 것이 인생

항상 배려하고
양보하는 마음으로
살아가는 것이
나의 운명인가 봅니다

못났다고 생각하는 이
주인공으로 살고 싶은 이
어서 오세요
그대를 주인공으로 모시고
빛나게 해 드릴게요

나는 당신을 위해서라면
영원한 2인자로 살겠습니다

무화과

꽃이 화려하다고
향기가 좋은 것은 아니지
허우대만 멀쩡하며 뭐해
속이 꽉 차야지

꽃피지 않는다고
청춘이 없는 건 아니야
말하지 않는다고
사랑하지 않는 건 아니야

진정한 사랑은
가슴속에서 우러나는 것
벌 나비도 모르게
익어가는 사랑의 열매

자! 내 가슴 찢어봐요
보랏빛 달콤한 향기
당신 가슴속에서
사르르 녹고 싶어요

입 동(立 冬)

밤새 내린 찬서리에
가을 국화꽃 시들어가고
떨어진 낙엽
바람에 실려 신작로를 누비고 다닌다

세상에 영원한 것은 없지
사람이 그러하고
세월이 그러하고
삼라만상이 그러하듯

꽃피는 시절 있으면
꽃지는 시절 있고
더운 여름 있으면
추운 겨울 있는 것

오차 없이 돌아가는
계절의 수레바퀴
아쉬운 가을이 간 것이 아니라
새로운 겨울이 온 것

겨울이여, 어서 와라

찬 바람 불면 어때요
가슴 따뜻한 그대가 있고

손 시리면 어때요
손잡고 호호 불어줄 내가 있으니

연 꽃

아직 꽃도 덜 자랐고
아직 성숙하지 못하고

아직은 여리고 수줍어
치마도 입지 못하는데

중매쟁이 벌 나비
찾아와 임신하래요

요즘 신혼부부
결혼해도 아이 낳지 않는데

나 벌써 임신했어요
구멍구멍 연자(蓮子) 한가득 배었어요

나 예쁘지요
나 잘했지요.

밤 꽃

앞산에 율목(栗木)
향기를 풍긴다

암컷들이 야릇한 냄새를 찾아
떼 지어 컹컹이며
골목길을 누비고 다닌다

과년의 딸을 둔 아비
온종일
딸 단속에 안절부절

봄바람에 힘겨운 숫처녀
활짝 연 창문으로
가슴을 살짝 내민다

능소화

간다 간다 했지만
정말 갈 줄 몰랐네
온다 온다 하며 오지를 않네

이럴 줄 알았으면
간다고 할 때
매달려 보기나 할 것을
하지(夏至) 지난
해는 점점 짧아지고
그리운 마음은
뭉게구름처럼 커져만 가는데
언제까지 기다려야 하는지

그대여 혹시나 길가다
밝은 대낮에
담장에 걸린 꽃등 보거든
내가 켜놓은 줄 아소

호박꽃

못생겼다고 천덕꾸러기로
자리 하나 얻지 못하고
밭뙈기 구석에서

누가 돌봐주는 이 없어도
세상 원망하지 않고
희망의 꽃등 켜고 살아간다

호박꽃이라고 괄시 말아요
못생겼다고 외면하지 말아요
천생연분 제 짝이 있으니

못난 꽃도 꽃이라
중매쟁이 벌 나비
쉴 새 없이 날아와 입맞춤하니

누런 둥이 여럿 낳아
자식 농사 잘 지어
둥실둥실 잘도 키운다

꽃양귀비

예쁜 것은 나쁜 것들이지
그들을 모두 지구에서 추방해야 해

뭇사람을 미혹(迷惑)하게 하고
아프게 하기 때문이지

하지만 나는 아프고 싶다
그대는 나에게 사랑의 테라피

천리향

그대 떠난 후
조용한 호숫가에 앉아
그대가 미워서
아니 그대를 잊으려고
호수에 돌을 던지니
더 많은 그리움이
둥근 파도처럼 밀려옵니다

더는 슬퍼하지 말자
더는 아파하지 말자
맹세하고 다짐하지만

꽃피는 봄이 오면
그대 생각에 잠 못 이룹니다

나의 마음을
나의 향기를
바람에 실어 천 리 먼 길
그대에게 보냅니다
그대 올 때까지

달맞이꽃

여름의 하루해는
너무 길어서 싫습니다

열대야로 잠 못 이루는 밤은
더욱 견디기 힘듭니다

좋아한다 사랑한다
말 한마디 건네지 못하고
깊은 밤 옷깃 여미고
님 마중 나왔는데

님의 그림자는 보이지 않고
수줍은 달님이 반겨줍니다

가슴에 쌓인 그리움
은하수 흐르는 강에 띄워 보냅니다
님 계시는 곳까지
님은 지금 어디 계신가요

찔레 장미

행복하다 행복하다 하면
행복해지고
좋아한다 좋아한다 하면
좋아지는 것

예쁜 것 보면 다가가고 싶고
좋은 사람 보면 닮고 싶은 것

뭐든
간절히 기도하면 이루어진다
간절히 원하면 닮아 간다

찔레가 장미 되어 가듯이
내가 그대 닮아 가듯

코스모스 아가씨

그대와 손잡고 걷던
추억의 기찻길 옆
그대를 기다리는
가을의 하루해는 목이 탑니다

만나면 어쩔 줄 몰라
할 말 못하고 가슴만 두근두근

지나던 잠자리 한 쌍
꽃잎에 앉아 정답게 시소를 타고
황금빛 들판에
곡식은 바람에 일렁인다

밤이면 귀뚜라미
가을이 왔다고 밤새 울어대니
이제는 참을 수 없어

더 늦기 전에 사랑한다 고백하고
이 가을 가기 전에
첫눈 오기 전에
그대에게 시집갈래요.

행복의 세 잎 클로버

세 잎 클로버는 행복
네 잎 클로버는 행운

네 잎 클로버 하나를 찾기 위해
수많은 세 잎 클로버를 밟아야 한다

행운은 찾는 것이 아니라
행운은 다가오는 것

노력하지 않고 행운만 기다리는 것은
욕심

네 잎 클로버만 쫓다가
다섯 잎 클로버인 불행을 만날 수 있다

여섯 잎 클로버는 기적
인생을 기적에 맡길 수는 없는 것

지천에 깔린 행복
세 잎 클로버 바로 당신 것입니다.

이팝꽃

어머니는 가난한 시골집에
태어나 시집올 때까지
쌀 서 말 못 먹고 시집오셨다

시집에도 가정형편이
넉넉하지 못해
쌀밥 먹기가 쉽지 않았다

어머니는 식구들에게
흰쌀밥 고봉 담아
실컷 먹이는 것이 소원이셨다

세월이 흐르고 바뀌어
이제는 보리밥이 건강에 좋다는 시대
어버이는 세상에 없고

이팝꽃 보면 주걱 들고 싶다는
어머니의 가족 사랑
봄날에 피는 이팝꽃 사랑

접시꽃

하늘에 비가 와도
세워진 접시에는
비를 담을 수가 없습니다

사랑한다는 말도
마음이 열려야
받아드릴 수 있습니다

활짝 핀 얼굴이지만
아직은 누군가를 받아드릴
마음 준비가 되지 않았지요

한 번 더
좋아한다고 사랑한다고
내 곁에 와서 속삭여 주실래요

나는 당신의 사랑을
듬뿍 담고 싶은 접시꽃

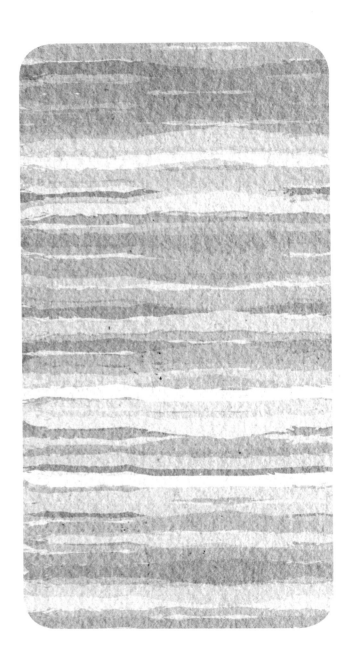

제5장

들어내지 못한 바윗돌

초롱꽃

암울한 세상
길을 몰라 방황하는 그대

달도 별도 없는
한밤이면 오죽할까

나 하나라도
세상 한 모퉁이

그대 오시는 길목에
초롱불 켜고 기다리겠습니다

그대 내 곁으로
안녕히 오시와요

죽부인과 이별

삼복더위 열대야 밤을
함께한 당신

내 몸뚱이는
열대야로 부글부글 끓는데
당신은 무정하게
속은 텅텅 비어 바람만 지나갔습니다

어쩌면 그래서 나는 여름밤을
행복하게 잘 지낼 수 있었겠지요

우리 사이는 딱 여름 한 철
지내기로 한 사이

자, 이제 입추 처서 지나고
갈바람 불어오니

당신과 영원히 함께할 수 없는 것
나는 본처에게 돌아가야겠습니다

잘 가요 안녕
죽부인!

가 족

말매미 울어대는 비 오는 여름 저녁
밀가루 반죽하여 홍두깨로 미는
엄마의 이마에 땀방울 송골송골 맺힌다

마당에 걸어놓은 가마솥에
칼국수 국물 끓는 냄새에
지켜보는 강아지 코가 벌렁벌렁
입맛 다시며 꼬리 빠지게 흔든다

살림이 넉넉하지 못해
밥하는 것보다 반찬 없어도 되는
칼국수 하는 게
엄마는 훨씬 편했던 것
다행히 우리 가족들은 국수를 매우 좋아해서
매일 저녁 먹어도 물리지 않았다

홍두깨로 반죽을 미는 엄마는
자식들과 눈이 마주치자 기가 차서 웃고
우리들은 엄마의 웃음이 좋아서 웃었다

우리 가족들 국수 가락처럼
길게 오래오래 살았으면 좋으련만
결혼식 날 잔치국수 먹으면
오래 산다고 하셨던 어머니

자식들 잔칫날 국수 못다 해주시고
일찍 하늘나라로 떠나가셨고
동생 세 명은 엄마가 해주시는
칼국수 그렇게 먹고 싶었는가
일찍이 엄마 따라 하늘로 갔다

먼 훗날 하늘에서 엄마 만나
칼국수 다시 먹고 싶은데
어머님 하늘에서 칼국수 미시려나

※제31회 매일신문 한글글짓기 경북공모전
　입상(2018. 11. 23.)

초짜 인생

죄짓고 교도소에
갔다 온 사람
법관 되어 나오고

아파서 병원에 입원했다
퇴원한 사람
의학박사 되어 나오고

집에서 살림
잘하는 여자
주부 9단

구두 수선하는 사람
점포 간판에
구두 박사

인생을
살 만큼 살았고
나이도 먹을 만큼 먹었는데

아직도
살아가는 길이 서투니
맨날 초짜 인생

늙은 개미

새벽잠은 잊은 지 오래
육신보다 무거운 눈꺼풀 뜨고
새벽달 졸고 있는 이른 새벽
리어카 끌고 대문을 나선다

누가 알아볼까 봐
자식에게 누가 될까 봐
모자 눌러 쓰고 골목길을 누빈다

삐걱 이는 노쇠한 관절
어기적거리는 발걸음
합죽한 입에 담배 한 모금
마른기침으로 고독을 뱉는다

자신보다 더 낡은 폐지를 모으며
언제까지 어떻게 살아가야 할지
기약 없는 세월의 무게 앞에
점점 노쇠해 가는 늙은 개미

한적한 골목 한뎃잠 꿈에

객지 있는 손주 찾아와 할아버지하고 안긴다
오매 내 새끼

수양버들

강변에 수양버들
흐르는 강물에
멀미 나서 흔들흔들

우리 집 가장이고 기둥이셨던
아버지 흔들리며 살다가 가신 그 자리

내가 서서
세상에 흔들흔들
세월에 흔들흔들

꺾어지지 말고 부러지지도 말고
신나게 리듬 타고 어깨춤 추며 가자

꽃 피는 날까지
꽃 지는 날까지
이 세상 다하는 그날까지

행복한 걱정

누구나
풀어보면 한 보따리 걱정
가지고 살고

누구나
한 바가지의 눈물은
가슴에 안고 산다

세상에
걱정 없는 사람 없고
고민 없는 사람 없다

천석꾼은 천 가지 걱정
만석꾼은 만 가지 걱정
재물 없는 사람은 없는 게 걱정

나 혼자 불행하고 힘들다
생각할지 모르지만
모두가 그렇게 사는 것

걱정거리 고민거리 있다는 건
살아있다는 증거니
이 또한 행복한 걱정입니다.

11월

11은 상형문자(象形文字)입니다

11은 기차가 달리는 레일입니다
우리는 같은 세월의 열차 타고
함께 여행하는 여행객입니다.

11은 곧게 뻗은 고속도로입니다
굽이굽이 도는 인생길
이제부터는 바른길만 갈 것입니다

11은 젓가락입니다
짬뽕 속에 있는 조개껍질 집어내듯
마음속에 담긴 나쁜 생각들
하나하나 집어내야겠습니다

11은 두 사람입니다
그대와 나
언제나 한마음 한 방향으로
변함없이 살아갔으면 합니다

11은 두 개의 켜진 촛불입니다
우리의 앞날에 좋은 일만 있기를
기원하는 소원의 불입니다

11은 마주한 두 손입니다
한 해가 저물어 가는 길목에서
우리 모두 행복하기를
두 손 합장 기도하겠습니다

친 구

안 보면 보고 싶고
만나면 티격태격

좋아서 토닥토닥
미워서 투덜투덜

미운 정 고운 정 들며
청춘 고개 넘는다

친구가 힘들거나
슬프고 외로울 때

주막에 마주 앉아
막걸리 한잔으로

서로를 위로하면서
인생 고개 넘는다

세월이 흘러 흘러
머리는 희끗희끗

기억은 깜박깜박
정신은 흐려져도

언제나 한마음으로
황혼 고개 넘는다

선운사 가을 풍경

선운사 단풍나무
사철 내내 경전 듣고 자란다

스님의 염불, 목탁 소리
처마 밑 풍경 소리
산 새소리, 까치 소리
모두 받아 적는다

수행의 길은 고행의 길
찬 서리, 된서리 맞고
푸른 잎이 붉게 물든
선운사 가을 단풍나무

가을바람에 우수수
떨어지는 낙엽은
하늘에서 내리 경전
대지는 경전으로 덮이고

다람쥐 청설모 보살님
두 손 합장 빌며
발원 기도합니다.

내 사랑 곰돌이

나하고 한 이불 덮고
같이 자는 거야

너 안고 자면
편안해서 너무 좋아

껴안고 뒹굴고
치대고 올라타고

밤새도록 너하고
씨름할 거야

난 너 없으면
잠을 잘 수 없어

아프고 힘들어도
나를 위해 참아야 해

내 사랑
곰돌이 쿠션

가을 낙엽

길에 떨어진 낙엽
바람에 쓸려 골목길에 쌓인다

한여름 밤의 꿈이 아쉬워서일까
지난 세월에 미련이 남아서일까
쌓인 낙엽은 서로가
포근한 온기를 느끼며
사그락사그락 옛 추억을 속삭인다

지지 않는 나뭇잎 어디 있으랴
지지 않는 인생 어디 있으랴
발로 차지도 말고
빗자루로 쓸지도 말고
그냥 두어라

이생에서 맺은 인연을
윤회(輪廻)의 수레에 실려
더 좋은 내생(來生)으로
바람이 알아서 끌고 갈 것이니

노 송(老 松)

잘나지 못해서인가
오래되어서인가
탐내는 사람 없고
재목으로 쓰려는 사람이 없다

풍상의 세월 흔들리며 살다 보니
언제나 늘 그 자리

낮에는 구름 잡아 이야기하고
밤이면 새들의 보금자리
밤새 지저귀니
이 얼마나 즐거운 일인가

한여름 햇살에도
살을 에는 한겨울에도
푸른 노송(老松)은
솔 바늘로 한땀 한땀
세월의 나이테를 수놓는다

할아저씨

옆집 이 층에 세 들어 사는
젊은 부부 아들 2명
큰놈은 4살, 작은놈은 2살

둘이 놀다가 내가 지나가니
작은 녀석이 인사를 하는데
나 보고 할아버지라고 안녕하세요 라고
인사하려고 하는데

큰놈이 할아버지 아니야
아저씨야 하고 동생에게
큰 소리로 말을 했다

동생은 입장이 난처해
나보고 할아저씨라고 했다
할아버지도 아저씨도 아닌
할아저씨란 말 듣고 보니
기분이 묘합니다

2살 꼬마의 눈과 생각이

정말 참신하네요
할아저씨라는 말
국어사전에 올려야겠습니다

누구나 모델

옷가게 코디
손님에게 옷 입혀놓고 그러지요

키 큰 사람은
키가 늘씬해서
슈퍼모델 해도 되겠습니다

키 작은 사람은
아담한 키라서
옷이 아주 잘 어울립니다

빼빼한 사람은
몸이 날씬해서
옷발을 아주 잘 받습니다

뚱뚱한 사람은
통통한 몸이라
볼륨감 있어 참 좋습니다

가슴골 보이는 옷 입고

쑥스러워하는 아줌마에게
섹시해서 아주 좋습니다

옷 입고 거울 보고 있으면
옷이 임자를 만난 것 같습니다
선생님에게 딱입니다

얼굴 몸매 안 되는 사람
모델 되고 싶은 이
옷가게로 달려가세요.

타고난 복

열매 많이 달린 과일나무
바람 불어 떨어질까 걱정

금은보화 집에 두면
도둑 들까 걱정

부엌 찬장에 비싼 자기 그릇
쌓아놓으면 무너져 깨질까 걱정

곳간에 쌀가마니 쌓아두면
쥐 들까 걱정

명품 옷 입고 다니면
찢어질까 때 묻을까 걱정

짓는 농사 많으면
가뭄 들까 태풍 올까 걱정

남길 유산 많으면
자식들 간에 우애 상할까 걱정

짚신장사 비 올까 걱정
우산 장사 비 안 올까 걱정

이런저런 걱정 없이 사는 팔자
전생에 나라 구한 타고난 큰 복이야

인생은 한 장의 조각보

머나먼 인생길
따듯한 봄날도 있고
비바람 부는 날도 있고
고비도 있고, 구비도 있다

일찍 철이 들었다고
잘사는 것도 아니고
늦게 철이 들었다고
못사는 것도 아니고
인생은 일엽편주 정처 없이 흘러가는 것

자투리 천을 모아
한 땀 한 땀 짜깁기하면
예쁜 보자기가 되듯

기쁜 날, 슬픈 날
좋은 날, 궂은 날들이
모여 달이 되고
해[年]가 되고 인생이 된다

예쁜 보자기는
바늘 자국이 예쁘게 보이듯
아름다운 인생은
살면서 생긴 상흔(傷痕)도 꽃무늬가 된다

혹한을 겪은 매화꽃이
더 향기롭고 아름답게 피듯
희로애락 황혼 보따리에
반짝반짝 빛나는 보석이 한가득하기를

고희산 소풍

봉우리 없는 산이 고지는 높아
머리에 흰서리 내리고
골짜기 없는데 세파의 바람은 거칠어
얼굴에 잔주름 가득한
고희(古稀)의 산 소풍
쉼 없이 하루하루 오르다 보니
이만육천 날의 고지

지나온 날을 돌아보면
힘겨운 보릿고개 넘어
이제는 살만하다 싶었지만
나라의 외환위기로 직장을 그만두니
장남이고 가장으로서
가정을 이끌어 가야 하니
풍상의 칠십 고개는 만만치 않았다

보릿고개 고락을 같이한
우리 가족들
맛있는 것 먹고
좋은 세상 구경하며

행복하게 오래오래 살고 싶었지만
사랑하는 부모님 형제자매들
병환으로 먼저 줄줄이 하늘나라 가실 땐
가슴이 미어지기도 했지

하산(下山) 길에는
무거운 짐은 내려놓고
마음 비우고 욕심은 버려야 하는데
정상의 끝이 어딘지 알 수 없어
하산 준비를 하지 못하는 것은
아직 철이 들지 않아서인가
아쉬운 미련이 남아있어인가

지난날의 희로애락을
아름답게 승화시켜
황혼의 하산 길
예쁜 꽃시(詩) 뿌리며 가는
즐겁고 행복한 소풍이기를

들어내지 못한 바윗돌

어머님은 김장철에 김장하고
겨우내 김치가 넘치지 말고 맛이 잘 들라고
단지 속에 돌을 집어넣고
꼭꼭 누른 후 뚜껑을 덮으셨고

콩잎을 삭힐 때도 부풀지 말고
잘 삭으라고 돌을 집어넣고
다진 후에 단지 뚜껑을 덮으셨다

어머님은 가끔씩 주먹으로 가슴 치며
이 속에 큰 바윗돌이 몇 개 들어 있어
가슴을 누른다고 하셨다

가난한 집 맏며느리에
고달픈 시집살이
끼 때마다 끼니 걱정
살림살이 힘들게 꾸려야 하니
약한 몸에 늘 병치레하다 보니
아파도 아프단 소리 못 하고
식구들에게 미안해서 참고 사셨지

때로는 단 하루라도 친정에 가서
하소연하며 위로받고 싶었지만
반겨줄 친정 부모가 없으니
친정 하늘 쳐다보며 앞치마를 적셨다

얼마나 힘이 들었을까
얼마나 가슴 아팠을까
얼마나 한이 맺혔을까

어머님은
김장 단지, 콩잎 단지
누름돌은 다 걷어 내셨지만
가슴속의 바윗돌은
끝내 들어내지 못하시고

보릿고개도 멀지 않아
조금만 기다리면, 조금만 힘을 내면
좋은 세월 올 것인데
좋은 세상 못 보시고
섣달 겨울밤 하늘에서 흰 눈이 펑펑 내리고

온 산천이 상복 입은 날
어머님은 꽃상여 타고 가셨다

2024년 제7회 노계문학 전국백일장대회 입상(24. 7. 17.)